レッツとネコさん

ひこ・田中 さく
ヨシタケシンスケ え

講談社

これは　むかしむかし、お～むかし、
レッツが　まだ　年少《ねんしょう》さん、
三つだった　ときの　はなし。
レッツは　五つだから、二年《ねん》も　むかしだ。

いま、レッツの　家《いえ》には、
かあさんと　とうさんと　キウイさんが　いる。
レッツと　かあさんと　とうさんは
ニンゲンで、キウイさんは　ネコだ。
むかしは　レッツと

かあさんと　とうさんだけだった。
もっと　むかしは、
かあさんと　とうさんだけ
だったらしい。

だけど、レッツが　しって　いるのは、
レッツと　かあさんと　とうさんの　ときだけ。
そこに　キウイさんが　はいったのは
レッツが　三つの　ときなのだ。
ようちえんで　レッツは、
年少《ねんしょう》さんの　ころから　ずっと　レモングみだ。
いまの　年少《ねんしょう》さんは　イチゴぐみと　いう。
レッツは、イチゴぐみを　いつも　見《み》て　いるから、
三つの　子《こ》どもを　よ～く　しって　いる。
はなくそを　食《た》べる。

パンツを　ぬがないで
おしっこを　する。
なく　声《こえ》が　うるさい。
わらう　声《こえ》が　うるさい。

おもちゃを、　おともだちに　なかなか　かさない。
ときどき、　大《おお》きな　声《こえ》を　だして　はしりまわる。
はしって、　ころんで、　なく。
ゆかで　きゅうに　ねて　しまう。
すなばの　アリさんを　食《た》べる　ことも　ある。
アリさんは　ちっとも　おいしく　ないのに。
大人《おとな》ほどでは　ないが、
よく　わからない　いきものだ。

レッツも、むかしむかし、お～むかし、
あんな　子《こ》どもだったかと　おもうと、
ちょっと　かなしく　なる。
五つで　よかったと　おもう。

そんな　三つの　ときの　おはなしだ。
とうさんが　ようちえんから
つれて　かえって　くれて、
レッツは　ガーガー、ブーンと
声《こえ》を　あげながら、家《いえ》に　はいった。
手《て》を　あらって、うがいを　して、
おもちゃが　おいて　ある　へやで、
にんぎょうの　ふくを
ロボットに　着《き》せて　あげて　いた。
家《いえ》の　ドアが　ひらく　音《おと》が　して、

かあさんが
しごとから
かえって　きたのが
わかった。

レッツが、かあさんの　かおを　見《み》に　いくと、
ニャゴニャゴ　ないて　いる
黒《くろ》い　かたまりを　両手《りょうて》に　だいて　いた。
黒《くろ》い　かたまりの
みどり色《いろ》の　目《め》が　ひかって　いた。
キュウリみたいな　色《いろ》だなと
レッツは　おもった。

「ひろって　しまったわあ」と　かあさん。
「しまったかあ」と　とうさん。
レッツも、
「しまった～」と　いって、
両手《りょうて》を　のばして　ひこうきに　なって、
かあさんの　まわりを　ブンブン　とんだ。

かあさんは　それを　テーブルに　おいて、
ネコだと　おしえて　くれた。
レッツは　似《に》た　どうぶつを　しって　いた。
四つ　となりの　家《いえ》の　まえで
レッツを　にらむのが　タマコ。
一つ　となりの　家《いえ》の　まどから
そとを　見《み》て　いるのが　ルイ。
えほんに　でて　きたのが、オリバー。
この　小《ちい》さくて　黒《くろ》い　ニャゴニャゴが　ネコ。
かあさんが　黒《くろ》い　ニャゴニャゴを

わたして　くれたので、
レッツは、
「ネコさん、ネコさん」と
よんで、
すぐに　あそんだ。

ネコさんは　とても　はやく　うごく。
手《て》も　つかって
四本《ほん》で　はしるから　はやいのかなと　おもって、
レッツも　おなじように
手《て》を　ゆかに　ついて　はしって　みたけれど、
いつもより　おそく　なった。
レッツは、ネコさんの
まえ足《あし》を　持《も》ちあげて　みたが、
からだを　ひねって　にげた。

でも、また　すぐに　近《ちか》づいて　きて、
レッツの　ゆびさきを
なんども　なんども
ガシガシと　かんだ。
ちっとも　いたくは　なかった。
気《き》もちが　よかった。
レッツは　ネコさんとは
すきな　おともだちに　なりたいと　おもった。

つぎの　あさ、　レッツは、　いつものように
かあさんに　ようちえんまで　おくって　もらった。
ようちえんでは、
みんなの　ことを　おともだちと　言《い》う。
レッツは、　きらいな　おともだちに　ときどき
かみついて、　せんせいに　しかられて　いたけれど、
ネコさんに　かまれてからは　やめる　ことに　した。
ネコさんが　レッツを　かんだのは、
きっと　レッツを　すきな　おともだちと
おもって　いるからだ。

きらいな　おともだちを　かむと、
すきだと　おもわれるかも　しれない。
それは　いやだ。

レッツは　かんがえた。

きらいな　おともだちに　近《ちか》づいたら、
その　子《こ》は　にげようと　した。
レッツは　いつものように　つかまえて、
ホッペに　キスを　して　やった。
すると　きらいな　おともだちが　なきだした。
せんせいは、
「キスされたのなら　なかなくても　いいじゃ　ない」
と　わらって、

きらいな　おともだちの
あたまを　なぜた。

レッツは、
きらいな　おともだちには　キスを　したら、
せんせいに　しかられないのが　わかった。
でも、すきな　おともだちを　かもうと　したら、
みんな　にげだした。
「レッツ、かんじゃ　だめだよ」と　言《い》う
すきな　おともだちも　いた。
わからない　ことが　多《おお》い。

ようちえんから、とうさんと　かえって、
ネコさんと　かみあいを　した。
ネコさんの　耳《みみ》を　カプ。
ネコさんの　鼻《はな》を　カプ。
ネコさんみたいに、ガシガシ
かもうと　おもったけれど、ネコさんは
レッツより　小《ちい》さいので、カプカプに　したのだ。
すると　ネコさんは、かむのを　やめて、
レッツの　ホッペを　ペオペオ　なめだした。
なめられると、いたかった。

じぶんの　舌《した》で
手《て》を　なめて　みても
いたく　ないから、
ネコさんの　舌《した》は
すご～いと　おもった。
レッツは　すきな　おともだちは、
なめる　ことに　きめた。

つぎの　日《ひ》、ようちえんは　お休《やす》みだった。
あさの　ごはんを　食《た》べた　あと、
かあさんは　ゆかから　ネコさんを　だきあげた。
ネコさんは　かあさんの　ホッペを
ペオペオ　なめた。
ちょっと　いやだった。
「この　子《こ》の　名《な》まえは、クロに　しようか」と
かあさんが　言《い》った。
とうさんは、
「もちろん！」と　わらった。

かあさんが　なにか　しようかと　いった　とき、
とうさんは　よく、
「もちろん！」と　言《い》う。

それは、「すき」や　「わかった」や
「だいじょうぶ」に　似《に》て　いるけれど、もっと、
つよくて、大《おお》きくて、いい　音《おと》。

レッツは、いつか　じぶんも　「もちろん！」を
つかって　みたいと　おもって　いる。
でも、いまは　つかえない。だって、
かあさんは　まちがって　いるから。
「その　子《こ》は　クロじゃ　ないよ。ネコさん」
かあさんは、はじめは　口《くち》を　あけて、
それから　わらって、
「たしかに　ネコだけど、
名《な》まえを　クロに　しようよ」と　言《い》った。
なんだか　バカに　されたみたいだった。

かあさんも　とうさんも、
ときどき　おかしな　ことを　言《い》うので、
いちいち　おこっては　いられない。
おこると　ねむく　なるし。

「レッツは　タマコと　ルイを　しって　いるでしょ」
レッツは　コクリと　した。
コクリと　してから、「もちろん！」
でも　よかったかもって　おもった。
「タマコと　ルイ？　それ、だれ？」
とうさんが　かあさんに　きいた。
レッツが　しって　いて、
とうさんが　しらない　ことも　ある。
うれしかった。
「タマコは　ウチダさんの　ネコで、

ルイは　タニさんの　ところの　ネコ

「ああ、そうか」

レッツは、

ウチダさんと　タニさんは

しらなかった。

かなしかった。

「それでね、レッツ。

タマコも　ルイも

この　子《こ》も　みんな

ネコなの」

かあさんは、ネコさんを
レッツの　ひざに　おいた。
ネコさんは　さっそく　レッツの　ゆびを
ガシガシ　かんだり、ペオペオ　なめたり　した。
うれしかった。
「オリバーは？」
「ああ、そう、オリバーも　ネコ。
えほんには　ネコの　オリバーって
書《か》いて　あったと　おもうよ？」
「わすれた」

そんな　ことが
書《か》いて　あったような　気《き》も　するけれど、
はっきりしない。
レッツは　オリバーが　すきなだけだから。
「そうだ、レッツ。ぼくも、
レッツも　おなじ　ニンゲンだろ」
「かな？」
レッツは　じぶんを　ニンゲンなんて
かんがえた　ことが　なかったから、
へんな　気《き》もちに　なった。

とうさんと　レッツは
大《おお》きさが　ちがうけれど　似《に》て　いる。
ネコさんは　四つの　足《あし》で　あるくけど、
とうさんと　レッツは　二つ　つかって　あるく。
「かな？　じゃ　なくて　ニンゲンなの。
だけど　名《な》まえは　みんな　ちがう」
「レナちゃんと　レナちゃんは、
ニンゲンで　おなじ　名《な》まえ」
「それは、キウチさんの　レナちゃんと、
イトウさんの　レナちゃんだろ。

二人《ふたり》は　ミョウジが　ちがう」
ミョウジなんて　ことばは　しらない。
なんだか　とても
ややこしい　はなしに　なって　きた。
「もちろん！」なんて　つかえない。
レッツは　二人《ふたり》と　わかれる　ことに　した。
「バイバイ」
レッツは、ネコさんを　だいて
おもちゃが　おいて　ある
へやへ　いった。

おもちゃが　おいて　ある　へやは、レッツが
小学生《しょうがくせい》に　なったら　一人《ひとり》で　ねる　ための　へやだ。
いまは、えほんを　いれた　本《ほん》だなと、
おもちゃばこと、ゴミいれと、
とうさんや　かあさんが、
「あけちゃ　だめ」と、言《い》って　いる
はこが　四つ　おいて　ある。
本《ほん》だなの　はんたいがわに、ちゃ色《いろ》の　戸《と》が　ある。
そこには、レッツの　ふくや
パンツが　はいって　いる。

三つの　レッツは、ふくを　着《き》る　とき
とうさんか　かあさんに　手《て》つだって　もらって　いた。
パンツは　立《た》った　ままで　はこうと　すると、
ときどき　ころんだ。
シャツは　あたまの　ところで　とまって、
ひっぱっても　なかなか
おりて　こない　ことも　あった。
うわぎは、左手《ひだりて》は　なんとか　はいるのだが、
その　あと、右手《みぎて》を　とおす　あなが
どこに　あるか　わからなかった。

それでも、レッツは　一人《ひとり》で　着《き》たかったけれど、
かあさんや　とうさんは、
すぐに　レッツに　着《き》せて　くれた。
レッツは　くやしかった。
五つの　レッツは、一人《ひとり》で　着《き》る　ことが　できる。
パンツなんか　とくいだ。
くつ下《した》は　まだ　ちょっと　遠《とお》くに　あるけれど、
ゆかに　おしりを　つけてなら　はける。
ときどき　ゴロンと　ころんで　しまうけど、
それは　おもしろいから、すき。

五つの　レッツは、
一人《ひとり》で　ねるように　なった
ときの　ことを
ときどき　かんがえる。

すきな　おかしを　一人《ひとり》で　食《た》べる。
あかりを　つけた　ままで　ねる。
まい日《にち》　ちがう　モンスターに　へんしんする。
ねた　ままで　歯《は》を　みがく。
かべに　すきな　絵《え》を　かく。
おならを　いっぱい　する。
ねる　とき、まくらを　足《あし》の　したに　おいて　みる。
立《た》った　ままで　ねむる。
てんじょうから
ソーセージと　ブランコと　バナナを　つるす。

でも、むかしむかしの、お～むかし、
三つの　レッツは　ここが　レッツだけの
へやに　なるなんて　しらなかった。
おもちゃが　おいて　ある　へやは
ず～っと　おもちゃが　おいて　ある　へやだと
おもって　いた。
むかしむかしの、お～むかし。

ネコさんは、すぐに　ねころんで、小《ちい》さな　右手《みぎて》で
レッツが　のばした　手《て》を　たたいた。

少《すこ》し　つめが　あたって、ちょっと　いたい。
それから　おどろいたように
きゅうに　おきあがって、おもちゃばこの　うらや、
本《ほん》だなの　かどに　かくれて　キュウリみたいな
みどり色《いろ》の　目《め》で　レッツを　見《み》る。

きゅうに　とびかかって　くる。
つかまえようと　したら、にげる。
ゴミいれの　うしろに　まわって、
耳《みみ》を　ヒクヒク　立《た》てて、キュウリみたいな
みどり色《いろ》の　目《め》を　大《おお》きく　あけて
レッツを　見《み》る。
レッツが　せなかを　むけて　しゃがんで　いたら、
ネコさんは　やって　きて、
ペオペオと　手《て》を　なめる。
あそんで　ほしいのだと　レッツは　おもった。

「ネコさん！」

レッツが　ふりかえると、
ネコさんは　にげて、
少《すこ》し　あいて　いた
ちゃ色《いろ》の　戸《と》の
なかに　はいった。

あれ？

こんどは、かおを　出《だ》して、
キュウリみたいな　目《め》で　こっちを　見《み》て　くれない。
「ネコさん？」
レッツは　小《ちい》さな　声《こえ》で　よんで　みた。
ネコさんは　出《で》て　こない。
かくれんぼ？
戸《と》の　なかを　のぞきたかったけれど、
がまんした。
「ネコさん！」
大《おお》きな　声《こえ》で　よんで　みた。

だめ。
レッツは、がまんした。
ちょっと　おしっこに
いきたいような　気《き》も　したが、
それも　がまんした。
鼻《はな》くそを　そうじして　いれば、
がまんできる。

でも、でも、
「ネ、コ、さ〰〰〰ん！」
おしっこは　がまんしない　ほうが　いいと、
とうさんが　言《い》って　いた……。
レッツは　そ～っと、ちゃ色《いろ》の　戸《と》に　近《ちか》づいて、
なかを　見《み》て　みた。
ネコさんは、レッツの　パンツに　出《で》たり
はいったり　して　あそんで　いた。
「ネコさん」
レッツは　もう　いちど　よんで　みた。

でも、でも、でも、
ネコさんは　レッツより、
レッツの　パンツの　ほうが　すきな
おともだちみたいだ。
レッツを　見《み》ても　くれなかった。
あ～？？
「ネコさん、まだ　名《な》まえを　おぼえてないの？」
そう　声《こえ》を　かけても、だ～め。
名《な》まえ？
そうだあ！

三つの　レッツは　わかった。

ものす～ご～～～く、

わかった。

レッツは　かあさんと　とうさんの
ところに　もどった。
とうさんは　あさの　ごはんに　つかった
ミルクカップや　おさらを　あらいおわって　いた。
かあさんは　ゆかを　モップで　ふいて　いた。
「キュウリ」
レッツは　せを　のばして、
大《おお》きな　声《こえ》で　言《い》った。
とうさんが　レッツに　かおを　むけた。
「なんだ？」

「だから、名《な》まえ」

「名《な》まえって？」

かあさんが　モップを　うごかすのを　やめた。

「ネコさんは、きょうから　ネコさんを　やめます。

クロさんも　やめます。キュウリに　なります」

「ああ、ネコの　名《な》まえね。

レッツは　それが　いいの？」

「もちろん！」

ものすごく　気《き》もちが　よかった。

「わかった　レッツ。
たしかに　目《め》の　色《いろ》が　みどり色《いろ》だものね」
かあさんも　たまには
レッツの　気《き》もちが　わかる。
「うん、いい　名《な》まえだ。
でも　レッツ、
キウイを　食《た》べた　こと　あったっけ？」

ん？　とうさんは　いま　キウイって　言《い》った。
キウイって　なんだろ。
むかしむかし、
お～むかしの　レッツは　まだ
キウイを　食《た》べた　ことが　なかったのだ。
レッツは　もう　いちど　言《い》った。
「キュウリ」
「うん。だから　キウイだろ」
「キュウリ」
レッツは　ゆっくり　言《い》って　みた。

キュ
キ
ウ
ウ
リ
イ

あれ？
たしかに　キウイに　きこえる。
レッツは　キュウリと　言《い》って　いる　つもりだが、
出《で》て　くる　音《おと》は　キウイだ。
なんで？
三《みっ》つの　レッツは　ふしぎだった。
なんだか　たのしかった。
キュウリと　言《い》って　いるのに
キウイと　きこえるなんて、おもしろかった。
キウイが　なにかは　気《き》に　ならなかった。

「じゃあ、キウイで　きまりね」
かあさんが　そう　言《い》った。
レッツは　二人《ふたり》の
大《おお》きな　ニンゲンに　むかって
大《おお》きな　声《こえ》を　出《だ》した。

「うん、キュウリ！」

ひこ・田中

1953年、大阪府生まれ。同志社大学文学部卒業。1991年、『お引越し』で第1回椋鳩十児童文学賞を受賞。同作は相米慎二監督により映画化された。1997年、『ごめん』で第44回産経児童出版文化賞JR賞を受賞。同作は冨樫森監督により映画化された。2017年、「なりたて中学生」シリーズ（講談社）で第57回日本児童文学者協会賞を受賞。他の著書に、『サンタちゃん』（講談社）、「モールランド・ストーリー」シリーズ（福音館書店）、『大人のための児童文学講座』（徳間書店）、『ふしぎなふしぎな子どもの物語 なぜ成長を描かなくなったのか?』（光文社新書）など。『児童文学書評』主宰。

ヨシタケシンスケ

1973年、神奈川県生まれ。筑波大学大学院芸術研究科総合造形コース修了。日常のさりげないひとコマを独特の角度で切り取ったスケッチ集や、児童書の挿絵、装画、イラストエッセイなど、多岐にわたり作品を発表している。『りんごかもしれない』（ブロンズ新社）で第6回MOE絵本屋さん大賞第1位、第61回産経児童出版文化賞美術賞などを受賞。『もう ぬげない』（ブロンズ新社）で第26回けんぶち絵本の里大賞を受賞。『なつみはなんにでもなれる』（PHP研究所）で第27回けんぶち絵本の里大賞びばからす賞を受賞。ほかの著書に、『しかもフタが無い』（PARCO出版）、『結局できずじまい』『せまいぞドキドキ』（ともに講談社）、『このあと どうしちゃおう』『こねて のばして』（ともにブロンズ新社）、『りゆうがあります』『ふまんがあります』（ともにPHP研究所）などがある。2児の父。

本書は、そうえん社から2010年に発行された『レッツとネコさん』をもとに、新装版として出版しました。

レッツとネコさん

2018年6月11日　第1刷発行
2022年8月1日　第2刷発行

作　ひこ・田《た》中《なか》
絵　ヨシタケシンスケ

装幀　坂川栄治＋鳴田小夜子（坂川事務所）

発行者　鈴木章一
発行所　株式会社 講談社
東京都文京区音羽2-12-21（郵便番号112-8001）
電話　編集　03（5395）3535
販売　03（5395）3625
業務　03（5395）3615

N.D.C.913　64p　20cm

印刷所　株式会社精興社
製本所　島田製本株式会社

KODANSHA

ISBN978-4-06-221064-5